나는 너를 만난 계절이 좋아

## 나는 너를 만난 계절이 좋아

발행일    2024년 2월 7일

지은이    진상록
펴낸이    손형국
펴낸곳    (주)북랩
편집인    선일영                                    편집    김은수, 배진용, 김부경, 김다빈
디자인    이현수, 김민하, 임진형, 안유경, 최성경        제작    박기성, 구성우, 이창영, 배상진
마케팅    김회란, 박진관
출판등록  2004. 12. 1(제2012-000051호)
주소      서울특별시 금천구 가산디지털 1로 168, 우림라이온스밸리 B동 B113~114호, C동 B101호
홈페이지  www.book.co.kr
전화번호  (02)2026-5777                            팩스    (02)2026-5747

ISBN     979-11-93716-68-7 03810 (종이책)         979-11-93716-69-4 05810 (전자책)

(주)북랩 성공출판의 파트너

북랩 홈페이지와 패밀리 사이트에서 다양한 출판 솔루션을 만나 보세요!

홈페이지 book.co.kr    •    블로그 blog.naver.com/essaybook    •    출판문의 book@book.co.kr

작가 연락처 문의 ▸ ask.book.co.kr

작가 연락처는 개인정보이므로 북랩에서 알려드릴 수 없습니다.

시인이 쓰는 낙서 노트

# 나는 너를 만난
# 계절이 좋아

진상록 지음

북랩

한 걸음

두 걸음

걷고 걷다 보면 자연스레 떠오르는

무엇이 있습니다

어떤 날에는 햇살 속으로 걸어가다가

또 어떤 날에는 빗방울 속으로 걸어가다가

상상을 합니다

햇살과 그늘, 꽃, 나무, 바람과 대화를 나누기도 하고

다른 어떤 날에는

사막 같은 광야에서 방황을 합니다

그곳이

어느 장소든

어떤 환경이든

내가 지구에서 잠시 머무는

삶의 한때

그런 나의 한순간을 기억하고자 합니다

은유의 낙서로 다시 추억하고자 합니다

어느 날 이 글을 읽는

당신께서도

지구에 사는 동안 안녕하시길 바랍니다

**목차**

시인의 말 • 4

# Part. 1

# Part. 2

# Part. 3

# Part. 4

PART. 1

# 난 빗방울의 손을 잡아 주겠어

누구는 우산을 쓰고
누구는 우비를 입고

난 빗방울의 손을 잡아 주겠어

나는 너를 만난 계절이 좋아

# 나는 너를 만난 계절이 좋아

여름이 좋아?
겨울이 좋아?


나는 너를 만난 계절이 좋아

# 사막에서 가을을 만났다

적도의 바람이 부는

공원 한 귀퉁이

코스모스가 화장한 얼굴로 수다 중이다


사막에서 가을을 만났다

나는 너를 만난 계절이 좋아

# 오늘을 무사히 건너가는 중이다

산을 지나고

강을 건너서

헉

헉

숨 가쁘게 다가오는 동해 바람을 벗 삼아


오늘을 무사히 건너가는 중이다

# 초록의 사막을 건너가는 중이다

햇살에
오후의 얼굴이 달아올라

후끈후끈

초록의 사막을 건너가는 중이다

나는 너를 만난 계절이 좋아

# 나는 그대에게로 흘러가는 중이다

한잔의 술을 마시고

다시

알싸한 마중을 나간다


나는 그대에게로 흘러가는 중이다

# 나무도 손을 흔들흔들


환한 얼굴로

햇살이

그대 발걸음을 반겨 줄 것이다


나무도 손을 흔들흔들

# 난 그 행간에서 살아가는 중이다

누군가는 즐겁게 살고
누군가는 힘들게 살고

난 그 행간에서 살아가는 중이다

# 바람의 맛이 달싹하다

먼바다 수평선에 사는
동해 바람이
새벽에 출발하여 정오에 도착했다


바람의 맛이 달싹하다

나는 너를 만난 계절이 좋아

# 그 바람의 고향은 동해란다

온몸 뒤흔들어 놓고

나무가

고백하기도 전에 홀쩍 떠나 버리는


그 바람의 고향은 동해란다

녹슨 자음과 모음이
서로 엇갈리고 있었다


걸음과 걸음 사이에서


삐거덕

삐거덕


녹슨 자음과 모음이 서로 엇갈리고 있었다

나는 너를 만난 계절이 좋아

# 나무가 그물을 던지고 있다

바닥을 만난
햇살이 허공으로 튀어 오른다


파닥파닥


나무가 그물을 던지고 있다

# 혈관 속에 붉은 난류가 흐르고 있다

햇살이
동공 속으로 파도처럼 밀려 밀려와
출렁출렁

혈관 속에 붉은 난류가 흐르고 있다

나는 너를 만난 계절이 좋아

# 빗방울도 눈물이 되어 왔단다


그대 눈물을 위로하러 왔단다


토닥

토닥


빗방울도 눈물이 되어 왔단다

# 그대의 눈물 속으로 걸어간다

주르륵

주르륵

그 어떤 말로도 차마 달랠 수 없는

그대의 눈물 속으로 걸어간다

나는 너를 만난 계절이 좋아

# 나무야, 그대 역시 부처다

이곳

저곳

어디론가 떠돌아다니지 않아도

한마디 불만 없는

나무야, 그대 역시 부처다

# 후두둑,
# 소나기 그리워지는 순간이다

사람을 바라보다가
풍경을 바라보다가
하늘을 바라보다가

후두둑, 소나기 그리워지는 순간이다

나는 너를 만난 계절이 좋아

# 나무도 흔들흔들 경청 중이란다

걷다가

걷다가

귓가에 맴도는 바람의 수다를 듣는다

나무도 흔들흔들 경청 중이란다

# 그 바람의 고향은 적도란다

가끔

가끔

어디선가 고단한 바람이 불어오고 있었다

그 바람의 고향은 적도란다

나는 너를 만난 계절이 좋아

# 추억 하나 만들어졌다


이런

저런

이야기의 여백에 쓰는 소리가 있다


찰칵


추억 하나 만들어졌다

PART. 2

# 추억에 밑줄을 긋는 순간이다

걷다가

걷다가

감추어 둔 생각 하나 둘 다시 꺼내 읽는다


추억에 밑줄을 긋는 순간이다

# 그런 오후를 걸어가고 있었다

한 걸음

두 걸음

발자국의 행간에 땀방울이 송송 맺히는

그런 오후를 걸어가고 있었다

# 그런 바닷가를 걸어가고 있었다

햇살이
파도처럼 밀려 밀려와 부서지는
햇살의 바다

그런 바닷가를 걸어가고 있었다

# 가을의 안부도 묻는다

오전에는 봄
오후에는 여름
정오에 두 계절을 만나 악수를 청한다

가을의 안부도 묻는다

# 그리움 하나 매듭을 푸는 순간이다

동그란 음표가
어린아이처럼 마구 뛰노는
빗방울 연주회

그리움 하나 매듭을 푸는 순간이다

나는 너를 만난 계절이 좋아

# 지구에서 동그란 우주를 만났다

빗방울

하나 둘 셋이 온몸으로 동그라미를 그리고

또 하나

또 하나


지구에서 동그란 우주를 만났다

빗방울 소리에
영혼이 취해 가는 중이다


빗방울과 함께 걷노라니


이런 생각

저런 생각


빗방울 소리에 영혼이 취해 가는 중이다

# 그런 빗방울의 수다가 한창이다

우산에 떨어지는
빗방울이 서로 먼저 말하려고 아우성이다
툭
한마디씩 말하고 흘러내리는

그런 빗방울의 수다가 한창이다

# 한숨 하나 툭 떨구어 놓고

바다가 보일 듯 말 듯

차마 나 왔다 갑니다 말 못 하고
멀리서
멀리서
한숨 하나 툭 떨구어 놓고 갑니다

나는 너를 만난 계절이 좋아

# 그러다가 온몸이 추억에 젖어 들었다

우산을 써도

어깨가 젖는다
신발도 젖는다

그러다가 온몸이 추억에 젖어 들었다

# 난 빗방울과 함께 걸어가겠어

누군가는 기다리고
누군가는 달아나고

난 빗방울과 함께 걸어가겠어

나는 너를 만난 계절이 좋아

# 그런 오후를 방황 중이다

바람 하나는
옷깃 속으로 몰래 스며들고
다른 바람은
머리카락을 툭 툭 치고 달아나는

그런 오후를 방황 중이다

# 다른 바람과 손잡고 떠나는 중이다

꽃잎 하나
바람 따라 가고


또 하나


다른 바람과 손잡고 떠나는 중이다

# 아른한 봄날을 상상 중이시겠다

겨울의 화두는 햇살

누군가
누군가

아른한 봄날을 상상 중이시겠다

## 그런 위기의 날이 자주 있었다

어떤 날에는
누구라도 만나고 싶은

그런 위기의 날이 자주 있었다

나는 너를 만난 계절이 좋아

# 그런 아득한 날이 자주 있었다

누군가를 기다리는 등대처럼
홀로 서 있는

그런 아득한 날이 자주 있었다

## 한잔 술에 취한 나처럼


저물녘은
한잔 술을 마시지 않아도
얼굴이 붉었다


한잔 술에 취한 나처럼

# 집으로 돌아온 배 한 척이 졸고 있다

일을 마치고
집으로 돌아온 배 한 척이 졸고 있다

파도가 출렁, 출렁일 때마다

꾸벅, 꾸벅

# 이제 나무가 말할 차례이다

초록의 숲에서는

누구라도

잠시 침묵할 것


이제 나무가 말할 차례이다


나는 너를 만난 계절이 좋아

# 빗방울도, 토닥토닥

훌쩍훌쩍
아이처럼 우는 바다를 위로한다고

빗방울도, 토닥토닥

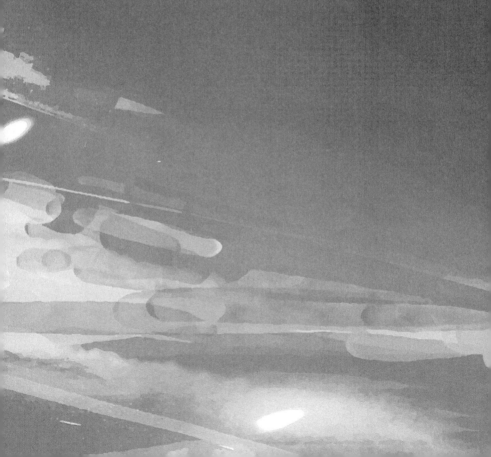

PART. 3

오전을 배웅하고
오후를 다시 만났다


정오의 바다에서

오전을 배웅하고 오후를 다시 만났다


밀물과 썰물처럼

나는 너를 만난 계절이 좋아

# 소나무는 소리의 운율을
# 감상 중이었다


파도는

한 줄 시를 썼다가 사라지고

바람도

한 줄 시를 썼다가 흩어지고


소나무는 소리의 운율을 감상 중이었다

# 말하기 전에 비는 그쳐 있었다

비가 온다고
비가 오냐고

안부 대신 말하고 싶은 사람이 있다

바라만 보다가
생각만 하다가

말하기 전에 비는 그쳐 있었다

나는 너를 만난 계절이 좋아

# 나도 악수를 청합니다

오랜만이라고
꽃이
먼저 인사를 건네 오는 계절입니다


나도 악수를 청합니다

소나무가 눈을 감고
협주를 감상 중이다


하나

둘

파도의 반주 소리에 맞춰 내디뎌 보는

발자국의 음표들


끄떡끄떡


소나무가 눈을 감고 협주를 감상 중이다

나는 너를 만난 계절이 좋아

# 추억하는 모든 것이 나는 그립다

그리운 것이

어찌

사랑뿐이겠는가


추억하는 모든 것이 나는 그립다

## 그대라는 빛이 안내할 것이다

삶이라는 광야에서

내가

가야 할 길은

그대라는 빛이 안내할 것이다

나는 너를 만난 계절이 좋아

# 괜스레, 풍경 탓

세월 씨가
자꾸만 걸음이 더 느려지는
까닭을 캐물으니

괜스레, 풍경 탓

# 우연이란 단어는 아무 잘못이 없었다

우연히 만났다가
우연히 헤어지는

우연이란 단어는 아무 잘못이 없었다

나는 너를 만난 계절이 좋아

# 온몸이 파도의 모음 소리로 상큼하다

파도의 모음이
하나 둘 귓속으로 숨어들어 와
몸에서 수다 중이다

온몸이 파도의 모음 소리로 상큼하다

## 그게 사실은, (이하는 침묵 중이다)


바다를 바라보고 싶은 걸까
하늘을 바라보고 싶은 걸까


그게 사실은, (이하는 침묵 중이다)

나는 너를 만난 계절이 좋아

나무는 잎사귀 하나 떨어질 때마다
가슴이 철렁한다


가을이 머뭇거리자
겨울이 서둘러 올 것이라는
바람의 작란

나무는 잎사귀 하나 떨어질 때마다 가슴이 철렁한다

# 나뭇잎 하나가 어깨에 내려앉았다

마음아!
너는 잘 살고 있는 거야?
묻는 순간

나뭇잎 하나가 어깨에 내려앉았다

나는 너를 만난 계절이 좋아

# 나는 마음과 걸을 것이다

혼자서 걸을 것인가
둘이서 걸을 것인가

나는 마음과 걸을 것이다

# 혼자 말하는 마음의 문장은 난해하다


마음이 혼자 말을 한다
나는
그저, 귀담아들을 뿐


혼자 말하는 마음의 문장은 난해하다


　　　　　　　　　　　　나는 너를 만난 계절이 좋아

# 추억에 대한 해설은 생략하기로 한다

바다의 눈망울 덕분에
석양의 눈망울 덕분에
기억의 뚜껑을 열고 한때를 들여다보았을 뿐

추억에 대한 해설은 생략하기로 한다

# 그런, 그런, 소소한 날에 마시는

빗방울이 하나 둘 바다의 가슴으로

툭

툭

떨어지고 떨어지는


그런, 그런, 소소한 날에 마시는


커피 한잔


나는 너를 만난 계절이 좋아

# 놀란 잎사귀 하나 툭 몸을 떨구고

서둘러 찾아온 겨울이

툭

나무의 어깨를 두드리니


놀란 잎사귀 하나 툭 몸을 떨구고

# 자꾸만 추억이 눈짓하기 때문이다


아무도 모르게

혼자

바다를 바라보는 이유는


자꾸만 추억이 눈짓하기 때문이다

# 자꾸만 파도가 손짓하기 때문이다

아무도 모르게

아직도

바다를 바라보는 이유는


자꾸만 파도가 손짓하기 때문이다

PART. 4

# 한 소절 노래를 불러 줄 것 같은

푸른 얼굴의 파도가

숨바꼭질하듯

몰래몰래 다가와서는 팔짱을 낚아채고

한 소절 노래를 불러 줄 것 같은

나는 너를 만난 계절이 좋아

# 마음의 행간에 가을의 밑줄을 긋는다


붉은색으로

초록색으로

노란색으로


마음의 행간에 가을의 밑줄을 긋는다

# 나는 서두의 첫말을 잃었습니다

작별을 고백하는
석양 앞에서
나는 서두의 첫말을 잃었습니다

그대 사라진 이후에도

나는 너를 만난 계절이 좋아

# 난 동그라미를 세야겠어


물의 가슴을
빗방울이 토닥여 주는 리듬은
4분의 4박자

난 동그라미를 세야겠어

# 서로가 위안이 되는 박자다

한곳을 향해
나란히 걷는 두 사람의 발걸음 소리는
토닥토닥

서로가 위안이 되는 박자다

# 소리가 서로를 위로하고 있었다


도란도란

둘이 손잡은 채 소곤거리는 발걸음은

토닥토닥


소리가 서로를 위로하고 있었다

# 혼자 가는 사람은 풍경이 안아 줄 것이다

누구는 부부 같다
누구는 연인 같다


혼자 가는 사람은 풍경이 안아 줄 것이다

나는 너를 만난 계절이 좋아

# 그대 생각 어렴풋이 난다면

살다가 살다가
문득
그대 생각 어렴풋이 난다면

한걸음 쉬어 갈까나

# 나는 그대가 있을 때 가장 빛난다

그늘은

햇살이 있을 때 빛난다


나는 그대가 있을 때 가장 빛난다

# 지금 조용한 수다가 한창이다

바람이 불 때마다
갈대는
귓속말로 속삭, 속삭이는 듯

지금 조용한 수다가 한창이다

# 우리 악수 한번 할까

첫 마음으로
아직도 그대가 머물고 있을 줄
나는 몰랐다

우리 악수 한번 할까

나는 너를 만난 계절이 좋아

# 그대는 나의 오아시스다


사막 같은 마음에

퐁

퐁

샘물이 솟아나는


그대는 나의 오아시스다

## 그러면서도 모른 척 추억할 것이다

너는 너대로

나는 나대로


그러면서도 모른 척 추억할 것이다

나는 너를 만난 계절이 좋아

# 이 모든 것이 가을 덕분이다

웃는 소리 해맑은
여인 셋이
어느덧 소녀가 되어 있었다

이 모든 것이 가을 덕분이다

# 나는 너의 배경이 되어도 좋다

나는 너에게 그늘이 되고
너는 나에게 햇살이 되니

나는 너의 배경이 되어도 좋다

나는 너를 만난 계절이 좋아

# 그때 그 계절만 되돌아올 뿐

떠나간 사람은

결국

다시 돌아오지 않았다


그때 그 계절만 되돌아올 뿐

난 그런 누군가 머무를
오후가 되겠어


누군가 그늘에 앉아 쉬는

누군가 햇살을 수혈받는


난 그런 누군가 머무를 오후가 되겠어

나는 너를 만난 계절이 좋아

# 그늘과 햇살이 손을 잡고
# 걸어가는 중이다

나무 사이에 그늘이 있다

그늘 옆에는 햇살이 있다


그늘과 햇살이 손을 잡고 걸어가는 중이다

# 계절이 귀하도 전시할 것이다

풍경도 보고
사람도 보고

계절이 귀하도 전시할 것이다

나는 너를 만난 계절이 좋아

# 나는 혼자 관객이 되기로 하였다

바람의 선율에
온몸을 제대로 맡길 줄 아는
코스모스의 춤사위

나는 혼자 관객이 되기로 하였다